En las nubes

MONTAÑA
ENCANTADA

Marta Serra Muñoz

Ilustrado por Claudia Legnazzi

En las nubes

EVEREST

Dirección Editorial: Raquel López Varela
Coordinación Editorial: Ana María García Alonso
Maquetación: Cristina A. Rejas Manzanera
Diseño de cubierta: Jesús Cruz

© Marta Serra Muñoz
© EDITORIAL EVEREST, S. A.
Carretera León-La Coruña, km 5 - LEÓN
ISBN: 84-241-1313-6
Depósito legal: LE. 914-2006
Printed in Spain - Impreso en España

EDITORIAL EVERGRÁFICAS, S. L.
Carretera León-La Coruña, km 5
LEÓN (España)
Atención al cliente: 902 123 400
www.everest.es

EL ARMARIO

A simple vista, la habitación de Pina no tiene nada de particular. Es estrecha, hay manchas rosas en la pared, varios estantes llenos de tebeos y libros, y una gran bola del mundo colgando del techo.

A un lado, una cama con una colcha azul reposa debajo de una ventana. Frente a la cama, unos caballetes sostienen un tablero blanco sobre el que un tren amarillo espera la orden de salida.

Al fondo, se alza un viejo armario de roble.

Cuando Pina entra en la habitación, cierra la puerta, enciende el tren y abre los cajones inferiores del armario. Se descalza y sube por ellos como si fueran una escalera.

Encima del armario, la habitación se ve de otra manera.

DESDE LAS ALTURAS, las paredes son más altas y ensanchan el espacio, las manchas de la pared se mueven como nubes con forma de vaca, de leñador con barba, de ballena escupiendo un chorro de agua, y el tren amarillo se aleja montaña arriba con un largo pitido.

Desde este torreón, los pliegues de la colcha son olas de un diminuto y mullido mar.

Si además Pina se tumba boca abajo, andar por paredes y trepar por montes nevados y colinas de libros resulta bastante fácil.

Con una almohada debajo, incluso es posible viajar de salto en salto por las ciudades que se extienden ante sus ojos como manchas de color.

Si Pina no quiere que alguien la encuentre, lo mejor es subirse al armario; a nadie se le ocurre mirar a lo alto.

Para no gastar el efecto del armario, es necesario bajar al suelo y hacer un poco de vida normal, pero sin olvidarse del armario.

Una vez que Pina ha llegado al suelo, cierra los cajones. El camino que lleva al armario es SECRETO.

LA CIUDAD

Las tardes en el colegio empiezan recitando la colección de poesías. Mientras la lengua se concentra en la recitación de los versos rimados, la cabeza de Pina se ocupa de su ciudad.

Cuando la maestra no la ve, abre el pupitre e introduce la cabeza en su interior. Una ciudad microscópica crece debajo de libros

y cuadernos: árboles, calles y niños en bici-cleta, casitas con tejados rosas y verdes y un funicular rojo y azul pueblan la ciudad.

En cuanto Pina cierra el pupitre, el fun-cionamiento de la ciudad se detiene.

Al cabo de un rato, vuelve a abrir el pu-pitre. En la calmosa recitación de los versos encuentra Pina tranquilidad para entablar conversación con un niño que está subido a un árbol.

Pina habla con él con los ojos, sin que la lengua pierda el hilo de las palabras mu-sicales. El niño le cuenta que se ha subido al árbol para ver mejor el funicular, que circula por un cable dorado que atraviesa toda la ciudad. Las ramas de los árboles se llenan de niños que esperan a que pase el funicular.

Las copas plateadas de los árboles ocul-tan en algunos tramos su paso, y como aho-ra no lo puede ver, aprovecha para cerrar el pupitre y asegurarse de que la maestra no la está mirando. Ahora, el recitado de poesías está a punto de acabar. ¡Atención!

La ciudad tiene cuatro segundos para desaparecer.

> *Doña Luna no ha salido*
> *está jugando a la rueda*
> *y ella misma se hace burla.*
> *Luna lunera.*

Pina vuelve a abrir el pupitre y con unos libros tapa la ciudad. Ya está. Se sabe las poesías de rechupete y la ciudad duerme a salvo.

"Hasta mañana, ciudad".

LA ABUELITA

La madre de la madre de Pina no se parece a ninguna de ellas.

Es muy vieja, está bastante gorda, un poco sorda y lleva su largo cabello gris recogido en un moño que cada mañana Pina le ayuda a peinar.

Los ganchos con que se sujeta el moño ya no se utilizan. Son negros y brillantes, parecen orugas de metal, y a Pina le gusta dibujar en el aire formas con ellos.

La abuelita pone nervioso a todo el mundo porque no oye bien, pierde constantemente la dentadura postiza y repite sin cesar las mismas preguntas. También porque come a escondidas, se pasea por toda la casa una y otra vez y su aparato para oír mejor pita continuamente.

Pero a Pina todas estas cosas le parecen de lo más natural. A pesar de su edad, la abuelita todavía cose bonitas muñecas de trapo, hace los mejores bizcochos del mundo y teje complicados visillos.

Pero lo mejor de todo es su costurero: dentro hay cajas, cajitas redondas, cajones y ¡hasta un doble fondo!

A ambas les gusta contar y recontar todo lo que hay en su interior. Hay tantas cosas interesantes, y siempre parecen nuevas: retales, cintas elásticas de color negro, botones de nácar, pastillas de regaliz, caperuzas rojas de bolígrafos, una colección de dedales de todos los tamaños, minas azules, amarillas y

lilas, varias bobinas de hilo, un par de tije-
ras, antiguas monedas de color dorado con
un agujero en medio, estampas de santos
coloreadas, lápices plateados de dos puntas,
caramelos ácidos de fresa y limón, marcos
diminutos con relieves que Pina resigue con
los dedos, un alfiletero con alfileres de puntas redondeadas, anillas rojas de plástico,

tizas de color blanco para pintar patrones,
agujas de ganchillo de varios grosores, fotos
descoloridas, sellos de países extranjeros,
papelitos de celofán… y… y…

—¡Abuelita! ¡¡Tu dentadura!! —exclama Pina, triunfal, agitando una cosa blanca y rosa llena de hilos y dientes.

—¡¡Pof fin!! —dice la abuelita con una sonrisa sin dientes realmente estremecedora—. No hablía sopodtado ni un día máz laz papillaz de tu madle...

Y en cuanto la abuelita se pone la dentadura, se enfrascan de nuevo en el costurero.

EL ALFABETO DE COLORES

A la hora del recreo, a Pina le gusta caminar por encima de la línea verde oscuro que delimita el campo de baloncesto.

Camina por encima de ella como si fuera una equilibrista, y para no caerse fija la mirada en el suelo.

Un día encuentra en su recorrido cuatro lápices de colores. Tienen la punta rota y algunos están mordidos, pero de todas formas se los mete en el bolsillo de la bata.

Otro día, encuentra tres más. Ya tiene siete; uno amarillo, otro gris, tres blancos y dos naranjas.

Ahora, además de recorrer la línea del patio como una equilibrista, es una buscadora de colores.

En casa, ha construido una especie de plumier con un cartón, una cinta de goma que le ha dado la abuelita y una grapadora con la que ha sujetado la cinta al cartón dejando una serie de huecos para meter dentro los lápices.

La idea del alfabeto de colores se la ha dado la abuelita. Le ha dicho:

—Busca un color que empiece por cada una de las letras del alfabeto, por ejemplo, el azul para la A, y si te faltan palabras para los colores, te las inventas con la condición de que sean de ese color.

A Pina le gusta la idea, y después de unos cuantos días recogiendo lápices del

suelo del patio, le enseña a la abuelita el alfabeto de colores que ha inventado:

Azul, Besamel, Cereza, Dedo, Elefante, Ficus, Grosella, Helado de café, Imán, Jardín, Kiwi, Lila, Mandarina, Nube, Ñoqui, Ola, Púrpura, Queso de bola, Regaliz, Sol, Teja, Uva, Violeta, Xilofón, Yerbabuena, Zafiro.

—¿Y de qué color es el xilofón? —le pregunta la abuelita.

—De muchos colores. Mira.

Y Pina le enseña un lápiz bastante grueso con una mina multicolor que ha cambiado con una niña de su clase por una goma de nata nueva.

La abuelita nunca ha visto un color así, pero cuando lo prueba en una hoja de papel le parece que, efectivamente, pinta igual que suena un xilofón.

LA MALETA

Un domingo por la mañana en que la madre de Pina ha estado poniendo orden en el altillo, una maleta gris aparece en el techo del armario.

Mamá se la ha dejado olvidada en el suelo mientras ordenaba el altillo, y como ya ha guardado la escalera, de momento la coloca encima del armario de la habitación de Pina hasta la próxima vez que abra el altillo.

Pina se enfada. Le parece que la maleta está ocupando SU espacio.

Por la noche, cuando todos están en la cama, sube al armario y abre la maleta.

Está vacía, pero en cuanto aspira el olor que surge de su interior, todo el enfado que tiene se le pasa.

Huele a hierba mojada, y a café con anís, y a galleta de naranja y limón.

Cierra la maleta y se mete en la cama. Debajo de las mantas se pone a pensar hasta que al final se duerme.

Al día siguiente ya ha decidido lo que va a hacer.

Por la tarde, cuando llega del colegio, Pina entra en su habitación y cierra la puerta tras de sí.

Se la oye trajinar, pero nadie sabe lo que está haciendo.

Pasan los días, y una tarde en que Pina está aburrida, sube al armario y abre la maleta: YA NO ESTÁ VACÍA.

Primero dedica un rato a olerla por dentro. Ahora también huele a librería, y un poco a regaliz, y a chicle de clorofila.

Luego saca una linterna y la enciende. Rebusca en el interior de la maleta y elige un tebeo.

Finalmente, desenrolla una tira de regaliz que coge de la bolsa de chucherías que esconde en el fondo de la maleta y se pone a chuparla mientras mira los dibujos del tebeo a la luz de la linterna.

Ahora Pina no quiere que mamá guarde la maleta en su sitio, y para no recordárselo la aparta de la vista y la pone en un rincón del techo del armario para que nadie la vea.

Con el tiempo, Pina va llenando la maleta con tantos de su tesoros que un día se oye en la casa un sonoro ¡CATAPLUM!, y Pina aparece hecha un revoltijo con todas las cosas de la maleta y un montón de perchas colgando de su cabeza justo cuando mamá abre la puerta del armario.

Pina no olvidará nunca la cara de terror que ha puesto su madre cuando la luz ha entrado en el armario.

La verdad es que no encuentra una explicación lógica que convenza a su madre sobre los motivos de tan estrepitoso desastre, y al final se ve obligada a confesarle la verdad.

Y de esta manera tan tonta, Pina se queda sin armario ni maleta.

Y con unos cuantos rasguños en los brazos y en las piernas.

Y con los oídos zumbando por los gritos de mamá.

Y la abuelita se sonríe y no dice ni mu. (Por si las moscas.)

EL INVENTO

A Pina se le ha ocurrido una idea, y un fin de semana en que mamá y papá se han ido de viaje, se dispone a llevarla a la práctica.

Es muy fácil. Sólo necesita dos armellas y un ovillo de lana. De entre los ovillos que reposan a los pies de la abuelita, elige uno de color rojo.

Enrosca una armella en la pared contigua a su cama, y otra en la que está al lado del sillón donde está sentada la abuelita.

Luego, introduce el extremo del ovillo en la armella de la abuelita y anda en línea recta cinco largos pasos con el hilo en la mano hasta llegar a su habitación. Hace pasar el hilo de lana por el hueco de su armella y regresa con él hasta donde está la abuelita para volver a introducirlo en la suya, corta el hilo y anuda los dos extremos. Por último, coge unas pinzas del tendedero y las sujeta al hilo del ovillo.

—¡Ya está: así podemos mandarnos mensajes sin movernos del sitio! —exclama, y se dirige a su habitación dando saltitos de contento.

Pina se tumba en la cama y coge un papel. Escribe: "Abuelita, cuando tengas hambre, mándame un aviso".

Sujeta el mensaje con la pinza y mueve el hilo de lana hasta que comprueba desde su cama que el mensaje ha llegado hasta el sillón de la abuelita.

La abuelita recoge el mensaje y grita:

—¡Vale!

Al cabo de un rato, Pina, que está tumbada en la cama mirando su colección de sellos, se encuentra un mensaje que dice:

"Señora mensajera, ¿me hace el favor de mandarme una manzana?".

Pina, que sabe que a su abuelita le gusta comer manzanas a mediodía, ya tiene una preparada, la coge y la mete dentro de una bolsita, ata la bolsa al hilo con dos pinzas y se la "manda".

Cuando la manzana llega a su destino, la abuelita la saca de la bolsa, la pela con la navajita que siempre lleva consigo y se la come tan a gusto.

A la hora de comer, cuando están las dos sentadas a la mesa, la abuelita le dice:

—Un poco lento, ¿no?

—Sí, pero va muy bien si no quieres levantarte del sillón.

—Eso sí —contesta la abuelita.

Y es que como la abuelita está muy gorda le cuesta mucho levantarse del sillón, y cuando lo consigue, siempre con la ayuda de alguien, exclama:

—¡¡¡Arriiiiiiiba, Teófila!!! —que es como se llama la abuelita.

Y la "i" resuena en un relincho tan largo como el rato que le cuesta levantarse.

PRINCESA GUISANTE

La mejor amiga de Pina se llama Georgina Verdura.

Los niños de la clase se burlan de ella y la llaman Guisante.

Sus padres y hermanas, para abreviar, la llaman Gina.

La verdad es que a Pina le gustan los tres nombres y no entiende por qué a la gente le hace tanta gracia el verdadero nombre de su amiga.

Pero a Gina no le gusta ninguno.

Un día, para consolarla, Pina le dice que una vez existió una princesa llamada Guisante.

Georgina no se lo cree.

Pina le dice que lo leyó en un libro, y le cuenta la historia tal como la recuerda:

"Érase una vez un príncipe que se quería casar con una princesa verdadera, y recorrió el mundo entero para encontrarla, pero todas eran falsas y le querían engañar.

Cansado de tanto buscar, volvió a su palacio, y una noche que llovía a cántaros, alguien llamó a su puerta.

Era una princesa, aunque no lo parecía porque chorreaba agua por todas partes. ¡En lugar de una princesa, parecía una mendiga!

Entonces, la madre del príncipe, para ver si era una princesa de verdad, la llevó a la habitación de invitados, donde antes había preparado una cama especial. En esa cama colocó un guisante; luego puso quince

colchones, uno sobre otro, y encima dieci-siete edredones de pluma de avestruz. ¿Te imaginas?

La princesa pasó la noche en esa cama, y cuando al día siguiente le preguntaron qué tal había dormido, contestó que había sido horrible, que algo muy duro no la había dejado dormir y que hasta ¡le habían salido cardenales!

De esta manera comprobaron que era una princesa de verdad, porque a pesar de todos los colchones y todos los edredones de pluma de avestruz, ¡había notado el guisante!

Desde ese día, la llamaron Princesa Guisante, y nadie se burlaba de su nombre cuando recorría el reino en su carroza real, y la gente la aclamaba diciendo: "Viva la Princesa Guisante, la princesa con el nombre más bonito!", y además fue muy feliz con el príncipe, y cuando murió, el príncipe mandó hacer una estatua donde pone PRINCESA GUISANTE, y creo que la estatua está en una ciudad que se llama Andersen".

A Georgina le ha gustado mucho la historia, y rápidamente coge una lámina de dibujo y pinta la escena de la cama con todos los colchones y edredones y el diminuto guisante.

Encima, se dibuja a sí misma.

Debajo, escribe con letras mayúsculas:

GEORGINA GINA
VERDURA PRINCESA GUISANTE

Ahora tiene un nombre más, pero, a diferencia de los otros, éste le gusta.

LA CARRERA

Una tarde en la que todavía hace buen tiempo, Pina y la abuelita salen a la terraza. Unas persianas enrollables la cubren parcialmente proporcionando una sombra muy agradable.

En la terraza hay una silla de tiras de plástico de un azul intenso y una mecedora con un cojín rojo aplastado en el asiento.

La silla azul es el lugar preferido de Pina para leer, y la mecedora con el cojín rojo, el preferido de la abuelita para coser.

La silla azul es plegable y tiene reposapiés; además, el respaldo se puede inclinar de manera que el cuerpo queda completamente estirado.

La silla azul está reservada para la colección de cuentos y tebeos de Pina.

En realidad, la silla azul está reservada para la "carrera".

A la abuelita le toca el sufrido y callado papel de árbitro. El audífono da el pitido de salida.

Compiten libros contra bocadillos de crema de chocolate; así, como suena.

En medio está la silla azul con Pina estirada a lo largo de ella. A un lado, la columna de libros al alcance de una mano, y al otro, la de bocadillos al alcance de la otra.

Ambas columnas deben tener la misma altura, y esto se consigue partiendo los bocadillos en triángulos.

Gana la columna que "dura" más.

La abuelita dice:

—Un día de estos te va a dar un cólico.

—No me distraigas y da la salida —contesta Pina.

Y de esta manera, empieza la carrera.

La verdad es que siempre gana la columna de los libros, pero es que a Pina le gustaría que al menos alguna vez ganara la de los bocadillos. Y aunque le ha dado muchas vueltas al asunto, todavía no ha encontrado alguna cosa comestible RICA que dure tanto como la lectura de sus libros preferidos.

No sirve cualquier cosa, claro; no va a ponerse al lado varios platos de lentejas o una colección de albóndigas. Algo relacionado con el chocolate es lo mejor, y los triángulos de crema de chocolate es lo más interesante que se le ha ocurrido hasta el momento.

—Lo que pasa es que comes más deprisa que lees —le dice la abuelita, relamiéndose los bigotes.

—Lo que pasa es que me coges bocadillos, que te he visto —dice Pina con churretes marrones por toda la cara.

En fin, el caso es que después de un buen rato la carrera ya tiene ganador: una vez más han ganado los libros.

—Por algo será, zampabollos —dice la abuelita.

—¡Ya lo tengo! —dice Pina, incorporándose de pronto—. La próxima vez lo haré al revés: ¡¡leeré los bocadillos y me zamparé los libros!!

LOS PATINES

A Pina le encanta patinar. Y patinando se lo pasa tan bien que está empeñada en que la abuelita se ponga un par de patines.

La abuelita dice que ni hablar. Pero Pina insiste:

—Aunque sólo sea en la terraza, ni te imaginas lo que te pierdes.

—Quita, quita…, imposible.

Pero Pina puede llegar a ser muy pesada.

Un día en que la abuelita se ha tomado una copita de anís, Pina vuelve a la carga.

—Venga, abuelita, ponte los patines, sólo por la terraza, qué te cuesta, es imposible que te caigas, yo te ayudo.

Y la abuelita, para sorpresa de Pina, contesta:

—Vale, vale, pero cuando mamá salga a comprar.

Pina se entusiasma y corre a buscar los patines mientras le da a la abuelita unas cuantas instrucciones.

Cuando mamá sale por fin a la calle, Pina levanta a la abuelita del sillón y le dice:

—Ya verás, te lo vas a pasar bomba.

Una vez que están en la terraza, Pina le ata los patines mientras la abuelita está sentada en la mecedora.

El primer obstáculo lo encuentra Pina cuando quiere levantar a la abuelita de la mecedora, que oscila peligrosamente ante la dificultad que tiene la abuelita de levantarse del asiento con un par de patines en los pies.

Realmente es imposible si Pina no quiere morir aplastada, por lo que deciden dar la vuelta a la mecedora para que la abuelita se alce agarrándose a una de las cintas que levantan las persianas de la terraza, con la ayuda de Pina, que con una mano la empuja por detrás y con la otra retira la silla.

Pero ninguna de las dos cae en la cuenta.

Porque en cuanto la abuelita se agarra a la cinta con toda la fuerza de su propio peso, sucede lo inesperado.

Todo pasa tan rápido que Pina no tiene tiempo de reaccionar, pero, de repente, la persiana se desploma en un estruendo fenomenal, los ganchos del moño de la abuelita salen disparados y la abuelita cae al suelo después de lo que le parece una terrorífica e interminable sucesión de traspiés con ruedas.

Lo que ha sucedido es fácil de imaginar: al agarrarse la abuelita a la cinta de la persiana, ésta ha cedido vertiginosamente hasta que la persiana se ha cerrado de golpe. Cuando la cinta ha llegado a su tope, la abuelita ha aterrizado en el suelo con la cinta en las manos. Su enorme trasero ha debido de amortiguar un poco el golpe, pero la abuelita, despatarrada, con los ojos desorbitados y los pelos de punta, exclama en un gemido:

—Nunca más, ¡si he estado a punto de partirme la crisma!

Y Pina, revolcándose de la risa, contesta:

—La crisma, no, pero lo que es la persiana…

MAMÁ Y PAPÁ

Una tarde en que mamá y papá llegan de su acostumbrado paseo, sorprenden a Pina, Georgina y la abuelita charlando en el cuarto de estar. Las dos primeras están dibujando con los lápices del plumier que ha construido Pina, y la abuelita cose la nariz a un muñeco de trapo.

No los han oído llegar y siguen hablando sin saber que los padres de Pina están mirando por una rendija de la puerta.

—Pásame el color xilofón —le dice Georgina a Pina.

—Podrías aprovechar y utilizar el besamel para tapar los agujeros —dice la abuelita—, todavía se ven un poco.

—¿Qué agujeros?

—El otro día construí un invento para mandar mensajes y manzanas, y tuve que hacer unos cuantos agujeros en la pared.

Y señalando una maleta cerrada que Pina acaba de dibujar, Georgina le pregunta:

—¿Qué hay dentro?

—A ver si lo adivinas.

—¡Un Príncipe Guisante! —dice Georgina.

—Pues no…

—¿Mi dentaduda…? —pregunta la abuelita, otra vez sin dientes.

—No dais ni una… ¡¡Un bocadillo de chocolate que no se acaba nunca!!

Papá y mamá se miran extrañados.

—¿Has entendido algo? —pregunta mamá en un susurro.

—Ni jota —contesta papá.

—Ay, Antonio, a veces esta niña me preocupa.

—Que no, mujer; lo que pasa es que tiene la cabeza en las nubes…

Y abren la puerta y saludan con cara de pasmo.

ÍNDICE